애착

팀 '고유한 빛'

목
차

황시현

작가의 말   12

인간 하기 1   13

인간 하기 2   14

인간 하기 3   15

인간 하기 4   16

인간 하기 5   17

환상 깨기   18

우리는 이 삶을 지속하고 슬픔을 견뎌낼 수 있다   21

나의 미래 애인에게   22

윤리온

작가의 말　　　　　　　　　　　　26

감정의 무게　　　　　　　　　　　27

유영　　　　　　　　　　　　　　28

날개　　　　　　　　　　　　　　30

[장바구니 목록]　　　　　　　　　31

관람평　　　　　　　　　　　　　33

겨울, 봄　　　　　　　　　　　　34

유영

작가의 말   38

정애   40

반려   41

추락   42

악취   43

추악   44

순애   45

심연   47

질식   48

작살박이   49

정지용

작가의 말   52

수리물리학   54

분류 기호   55

비관   56

사유서   57

환각   58

불을 끄고 나서야 보이는 것   59

사랑 시   60

시 쓰다 보니   61

변한다는 건   62

서로의 관계가 서로의 족쇄임을 느낄 때   63

서로의 관계가 서로의 족쇄임을 느낄 때2   64

사랑의 수식어   65

난 너랑   66

읽씹   67

뭘 바란거야   68

어떻게 아직 살아있니   69

오세령

작가의 말   72

고요한 바다와 빛   74

담   75

하얀 운동화   77

안개   79

눈 먼 사랑   81

나 홀로   82

바람   83

빛과 빚   84

힘든 사랑, 좋은 이별   85

황시하

작가의 말   86

비상계단   87

코트   89

플레이리스트   91

너의 얼굴   92

결핍   93

붉은 색 지우기   94

집착해 줘   95

해피엔딩   96

붉은 전염   97

마음의 크기   98

끝   99

임홍진

작가의 말	102
반쪽	103
세상의 시작	104
영화	105
집착	106
향기	107
엘리베이터	108
너의 얼굴	110
전시회	111

황시현

작가의 말

언어도 사랑도 믿지 않는다 사랑한다는 말 밖에 믿지 않는다

/사랑을 유리처럼 만지는 너를 좋아한다
이건 사랑하는 것이고

/사랑을 유리처럼 만지는 사람을 좋아한다
이건 허구와 허상을 사랑하는 것이다
그것은 곧 실재할 것이다

/그 유리는 솜사탕 같기도 했다

인간 하기

1
사람이 되기 싫었다
인간 하기를 할 수 있다
너를 사랑하는 것으로부터

매일 유체 이탈시키며 걸었는데
사람은 어떻게 걷는지(가령 두 발을 모두 쓰되 한 발은 땅에 다른 발은
잠깐 공중에 띄워놓는다거나)
어떤 다정한 말이나 손짓을 해야 인간이라 불릴 수 있는지 같은 걸
생각하기 시작했다

날 사랑할지 말지에 대해 고민 중이라는 걸
알고 있다고 말했어 너에게

우리 되게 잘 어울리지 않아?
그런 말을 하고 싶었는데

나를 만나러 오면서도 나에게 무엇도 두고 온 게 없다
날 찾아올 수 없는 사람이 되려고
애를 쓰는 너에게

인간 하기

2
너와 헤어지고 난 후에 산책했다
한 사람이 내 옆을 지나간다 저 사람은
날 사람이라고 여기겠지 인간이라고도 생각하겠지 나 또한 그러는 것처럼

영혼이 계속 육체에서 빠져나가고 싶어 하는데 그게 인간 같은 것으로
불려도 되나 어떤 것으로도 존재하지 않고 싶어 하는데 이렇게 오랫동안
죽음보다도 더 죽어있는 쪽으로 걸어가고 있는데

인간 하기

3
노래
자신의 목소리를 들어달라며 애원하는 시간

비로소 나는 혼자가 아닌 느낌 누군가의 마음을 얻는 느낌
매일 듣는 아티스트의 사랑 구걸을 오늘 또 한 번 허락했고
우리는 서로 용서하고 있었다 서로의 외로움을 알기 때문에

플레이리스트 안에서

인간 하기

4
작곡을 해봤는데
끝없는 계단처럼 생겼더라

근데 내가 끝낼 수 있더라

내 마음이더라

내 손에 달렸던데

무슨 말인지 알지?

넌 내 손에 쥔 마우스를 뺏을 것 같다

인간 하기

5
이어폰을 두고 왔다

그게 없으면 죽고 싶어진다는 걸
알게 됐다 사라지고 싶다는 걸
내가 나라는 사실에서 도망치고 싶다는 걸 그렇지만
지금 걷는 이 공원은 원의 형상이고

이 길을 또다시 혼자 걸어야 한다는 사실에서
이 세계를 계속 살아가야 한다는 의미까지

동그란 재생 버튼을 누른다

환상 깨기

나 여기에 얼마나 있게 될까

사람이 아니라 사랑에 의존한다는 게

사람을 사랑하지 않았던 것 같아
우리 사이에 피어난 감정을 사랑했고

사랑을 사랑하지 않게 되면
어른이 될 수 있지 않을까

사람을 사랑하게 되지 않을까

내가 다정한 사람이 된다면
그리고 먼 미래에서 누군가가 나를 그렇게 불러주는 순간
그렇게 내 이름이 다정한 사람이 된다면

저편에 너는 갑자기 내 생각이 번뜩 나고
다시 나에게 흠뻑 반해서 미래의 나에게 후회한다고
말 걸어올 수 있나 서로 온전해지면 우리는 연인이 될 수 있나

그런 운명을 꿈꿔도 되나

넌 자신도 모르게 나에게 손을 내밀었다고 했다 그럼 그건
사랑 아닌가
그런 말을 건네는 사람에게
넌 날 좋아하지 않았다고 했어 지금 이 순간도 넌 그럴 거라고

매번 내 사랑은 처음일까

너는 이미 많은 사랑에 실패했다는 것에 질투가 났다 이전에 몇 번이나
너와 함께 슬퍼한 사람들과 슬퍼하지 않는 나 그와 그의 서사에 내가 없
다는 것이
싫다

그런데 뭐가 됐든
그런 거
사랑하고 깨어지고 다시 사랑하는 거
앞으로도 해야 하는 거야?

이 슬픔을
계속 반복해야 하는 거야?
그 다음과 다음과 다음을 계속해서 만들어내야 해?

어떤 의심이 사라질 때 우리는 서로 사랑할 수 있나

우리 같은 시간 속에서 같은 연습을 하는 거야 이건 이제 시가 될 시인
거야 나중에 우리 서로 혼자 있는 시간과 방법에 관해서 이야기하는 거야

감정이 아니라 그 사람을 직시하고 그 사람을 사랑하기 사랑하지 않게
되면 그 사람을 사랑하지 않기 감정을 사랑하지 않기
사람을 사랑하기

보이지 않는 것을 사랑하지 않기 슬픔을 사랑하지 않기

우리는 이 삶을 지속하고 슬픔을 견뎌낼 수 있다

믿음 우리에게 다음이 있을 거라는 믿음 우리는 깨어져야 한다는 믿음 그 다음이 필요하다는 믿음 그때 성장한 모습으로 다시 더 행복할 거라는 믿음 그때 어른이 된 나는 미래에 깨어짐에 너무 슬퍼지지는 않을 것이다

이 끝은 우리의 다음을 위한 것이라는 믿음 그다음이 있다는 믿음

믿음은 멍청한 것이라 생각했지만

우리는 깨어져야 해

우리의 다음을 위해서

나의 미래 애인에게

하루는 산책하다 주저앉아서
한참 너를 찾았다고 말했다

언제 와?

어차피 올 거면서

지금 잠깐만 와주면 안 돼?

그래야 너를 믿을 수 있잖아
기다릴 수 있잖아
내일도 살아있을 수 있잖아

언제 와?
난 방금 막 사랑을 믿지 않았어
그런데도 이렇게 써나가는 건 너를 믿기 때문이겠지

보고 싶어
혼자 잘 지내고 있을게

그런데 넌 어떤 사람이야?
너는 날 다 이해할 수 있어?
어떤 사람이든 괜찮을 것 같아
미래의 내가 선택한 사람이니까

언제 와?
와주면 안 돼?
네가 안아줬으면 좋겠어

내 슬픔을 귀여워해 줬으면 좋겠어
아무것도 아니라고 그냥 아무것도 아닌 걸 가지고 슬퍼했다고
느끼게 해주면 좋겠어

이렇게 기다리는 동안 울고 있으면
너 올 거지

어젯밤도 베개 위에서 이렇게 잠에 들었어

윤리온

작가의 말

그냥 그런 날이 있습니다.
아무런 의미도 부여하고 싶지 않은 날.

아무런 의미도 부여하고 싶지 않은 날에 적은 일기들이
이 글로 의미가 부여된 날로 재구성되었습니다.

어쩌면 이렇게 생각해보니,
그 무의미한 순간들이 오히려 나를 잇는 끈이 되었네요.

하찮게 여겼던 날들이
어떤 방식으로든 나의 일상이 되어갑니다.

감정의 무게

저는 힘들 때 바다를 찾습니다.
저 멀리서 다가오는 파도가
이 밑에서 쪼개져 다시 돌아가는 모습을 보면
제 감정도 쪼개어 가져갈 줄 알았습니다.

당신과의 기억도 남은 감정도
바다에 두고 온다면
파도가 가져갈 줄 알았습니다.
제 감정의 무게는 너무 무거웠나 봅니다.
모래 깊이 박혀 떠나지 않았습니다.

남아있는 감정의 파편을 어루만지다
생채기가 났습니다.
상처는 눈물이 되어
심장으로 흘러 들어갑니다.

저는 힘들 때 바다를 찾지 못합니다.
당신과의 추억이 사랑이
잊지 못한 기억들이
다시 돌아올 것만 같습니다.

유영

푸른 심연 속
사랑이 유영한다.

심연 속 파도 소리
내가 쫓는 것은
유한한 사랑인가,
무한한 이별인가?

파도에 실려 온 기억들은
물속에 울려 퍼져
그리운 이름을 부르면
반향으로 다가오던 당신의 미소는 점점 흐릿해지고
마음 깊은 곳에 체념이 자리 잡는다

이별의 물결이 가슴을 휘감고
그리움은 안개처럼 스며든다.
체념의 순간에 조용히 눈을 감고
마음속의 모든 것을 흘러보내기로 결심한다.

사랑은 유영하다 사라지고
나는 그 자리에서 조용히 떠나는 길을 택한다.

푸른 심연
이제는 더 이상 쫓지 않으리
심연 속에서의 유영은 끝났다.
나는 이제,

날개

하늘을 자주 올려다보게 되었다.
당연한 존재처럼 여겼던 것이
이제는 그리움의 대상으로 자리 잡았다.

넓고 푸른 하늘을 보면 마음이 편안해지면서도
한편으로는 그곳으로 날아가고 싶다는 생각을 한다.

잃어버린 무언가를 찾아야만 할 것 같은 느낌
날개를 향한 갈망이다.

[장바구니 목록]
부제: (탄생부터 죽음까지)

2010년 5월 11일
개껌 10개, 말랑말랑간식
해피도그사료 3가지맛 x3 (소고기맛, 연어맛)
배변패드 묶음 x6
강아지 옷 S사이즈
인형 – 실타래, 비닐류, 삑삑이
밥그릇, 물그릇

2014년 5월 11일
개껌 20개 x10, 큐브 간식
중성화 수술용 사료 연어맛 (소고기맛 거부당함) x5
배변패드 묶음 x6
강아지 하네스, 강아지 옷 XL 사이즈
강아지 쿠션

2018년 5월 11일
개껌 10개
해피도그사료 연어맛 x3
배변패드 묶음 x3

큐브 간식

아워펫 종합영양제 x3

2022년 5월 11일

부드러운 간식

강아지용 유모차

해피도그사료 연어맛 1

배변패드 묶음 1

아워펫 종합영양제

2024년 5월 11일

강아지 생일 케이크

관람평

엔딩크레딧이 올라왔습니다.
쿠키도 없는 영화
그저 아쉬움만 남습니다.

평을 내린다면
그저 그랬다고 작성하겠습니다.
다만, 여느 영화들과 달리
마무리가 주인공들의 이별이라는 점이 아쉽습니다.
결말이 남긴 여운은 깊지만
그 아쉬움이 더욱 오래도록 남을 듯합니다.

상영관을 떠날 시간입니다.
어두운 관 속에서
빛이 스며드는 순간
사랑한 순간들은 사랑했던 기억으로
조용히 자리 잡습니다.

떠난 자리에는
어떤 영화가 상영될까요,

겨울, 봄

이번 겨울은 유난히도 긴 계절이었다.
너와 밟아온 흰 눈도 같이 만든 눈사람도
그렇게 우리의 흔적을 남겼다.

겨울을 지독히도 싫어하던 네가 나에게 겨울이었다.
네가 좋아하던 봄은
그 봄은 네가 아니었다.

겨울이 지나면 봄이 온다.

봄에는 흰 눈을 기억하는 나무가 있고
눈사람이 있고
아직 차갑던 겨울을 잊지 못하는 내가 있다.

너를 잊지 못하는 나는 봄이 될 수 없다.

내가 할 수 있는 유일한 것은
봄이 되어 너의 끝을 기다리는 것이었다.
그 지독하던 겨울을 증오하는 방법은
네가 좋아하던 봄이 되는 것
그뿐이었다.

유영

작가의 말

　제 필명인 '유영'에서도 보이시는 것처럼 저는 그저 자유로이 부유하기를 희망하는 사람입니다. 그렇다 보니 저는 제 작품에 명확한 의미부여나 확실한 해석이 존재하기를 원하지 않습니다. 보는 사람 사람마다, 흐르는 시간에 따라 그 의미가 바뀌고 색다르게 받아들여 지면 합니다. 그러니 단어에 구속되어 시 속에서 유영할 기회를 버리지 마시길바랍니다.

　저는 현실의 '나'도 이 세상을 유영했으면 합니다. 물질과 상식을 초월해 그 너머의 것을 눈에 담고자 합니다. 다만 이는 희망일 뿐입니다. 실제로 그럴 실력이 존재하지도 아니하거니와 단순한 기호에 그치기 때문입니다. 단순히 각박하고 짜여진 이 현실에 대한 반항심리일 수도 있습니다. 그 이유야 어떻든 간에, 그 꿈을 이룰 수 있는 지는 뒤로하고 '나'의 영혼이 원하고 갈망하니 일단 그곳으로 걷고있습니다. 지평선에 맞닿은 길이 끝나기 전까지 나만의 답을 내리리라 생각합니다. 혹은 그래야만 종점이 보일 수도 아니면 없을 수도있을 듯 합니다.

저는 독자분들께도 이것을 권유드리는 바입니다. 모든 것을 포기하고 날아오르라는 말이 아닙니다. 자신의 영혼에, 마음에, 꿈에, 성위에 귀를 기울여보시라는 것입니다. 아직 죽지 않은 어린 마음이 홀로 모래성을 쌓고있을 겁니다. 거센 파도가 되어 그것을 무참히 부술수도, 아니면 함께 더 커다란 모래성을 쌓을 수도 있을 겁니다. 저는 모든 선택을 긍정합니다. 하나, 그전에는 한 번쯤 손에 모래를 가득 쥐고 바라보길 바랍니다.

　독수리가, 청새치가, 저 달이 되고 싶었던 아이의 말에 저는 몸을 던지기로 했습니다. 여러분들도 능히 그 답을 찾으시길 기대합니다.

정애

저 노을, 어둠마저 품에 들일 때
보드레 빚은 회색 옷자락을 펄럭이고

저 다가오는 손결, 내 고갤 맡기리
신비에 매료되어 우리 하나되리라

피부에 이슬을 예고하며
아름드리 숨결을 퍼뜨리자

반려

이따금 내 피부를 훑는 빗방울
무심코 하늘로 손을 뻗는다

등 뒤 가로수 질투하여
빗줄기 가로막더니
이내 머금은 눈물 털어놓는다

눈물과 춤추던 낙엽은
내 어깨로 쌓여가고 쌓여가니
나 또한 가로수 되어 그대와 함께 할 뿐

끝나지 않을 이 가로수길
나는 그 끝을 알 리 없고

추락

저 호수는 거울이니
하나의 세상이오

모든 것을 비추고
모든 것을 일렁이오

제 형태를 유지치도 못하는
이 가련한 몸뚱이,
그대가 호수에서 본 모습인가하오

호수는 거울이오
거울은 단순 비칠 뿐

일그러질 이곳에서
한 없는 추락을,
호수에 닿을 때까지.

악취

미처 보지 못해
즈려밟은 은행 하나
미처 피하지 못해
즈려밟은 은행 하나

그 악취가 몸에 새겨졌다

이미 터져 죽은 그대의 숨결이
나에게 기생한다

미처 바라보며
즈려밟은 은행 하나
미처 끌어안아
즈려밟은 은행 하나

차마 그 악취를 잊지 못한다

이미 죽은 나의 숨결이
즈려밟힌다

추악

진리, 그대의 이름
영원, 그대의 이름
사랑, 그대의 이름

        ,

나 당신을 마땅히 사랑하며
이 마음 변치 아니합니다.

나의 일신을 당신께 헌납하고
후대를 바치옵니다.

영원불멸한 진리, 그대만을
이 세상에 존재토록 하겠습니다.

그러니

당신이 부여한
당신을 사랑할
그 자유를 거두어 주시길

순애

나 몰래 피워온
한 송이 꽃

애써 무시해
눈길 주지않고
무심히 물을 뿌린다

흐르는 물은
발을 기어오르고
괜시레 더 멀찍이,　　　　멀찍이,

한껏 흩뿌려진,
한껏 흩뿌려질, 나의 물
그대에게 닿지 아니하고

나 몰래 말라버린
한 송이 꽃

차마 뽑지 못해
더 깊이
심고,
심고,

심연

별빛이 내려앉은 심연에
하나, 밤 헤는 이
이내 결심한다

추락한 성위를
다시 하늘에 새기자

몸에 두른 별빛을 빼앗고
환히 빛나는 등대를 끄자
모두가 다시 하늘을 사랑하도록

다시 성위를 새기자
추락한 대지를

질식

황금실자락 흩뿌리며
나의 목을 옭아매는 그대

그 친절한 눈빛에, 차마 끊지 못해
무력히 끌려다닐 뿐

이제는 실을 짜는 법도 잊은 채
그대의 그림자 되어
뒷모습만 보일 뿐

나를 옭아매는 이 실자락
애써 피로 물들이리다
우리의 운명을 뜨개질하리다

찢겨질 나의 옷감을
한 번이라도 바라봐주오

작살박이

장미 한 대
입술로 꼬나물고
가슴에 가시를 박는다

유영하는 꽃잎에 우리의 기억을 싣고
잊지못할 고통을 가슴에 새긴다

장미 한 대
민둥줄기만 남고
가슴엔 가시가 유영한다

그렇게 그대를 망각한다

정지용

작가의 말

　저는 사랑만큼 개같은게 없다고 생각합니다.

　어찌 본다면 가장 본능적인 감정이면서도 이성과 충돌이 되게끔 만들어 놓은, 그 충돌은 지축을 흔들고 상흔을 남기죠. 만약 신이 있다면 이게 제대로 설계가 된 게 맞냐고 물어보고 싶네요.

　저는 사랑을 많이 해보지 못했습니다. 사랑이 상흔을 남기다 못해 심장 반쪽을 뜯어 가버린 탓일까요. 너무 오래되어 기억이 안 납니다. 잊으려고 하는 것이 아니냐고 반문하실 수도 있지만 진짜로 안 나는걸요. 그래서 상흔만 남고 이유는 없는 모순의 존재가 되어버렸습니다. 저에겐 사랑이란 이런 가치(?)입니다.

　니체였나요? 누군지 기억은 안 나지만 어떠한 것이든 사람이 의미를 부여하기 나름이라고 했습니다. 의자에게 의자라는 의미를 부여하기 전엔 나무 재질의 조각품일 뿐이니까요. (물론 조각품이란 것도 제가 부여한 겁니다) 사랑도 같을 것입니다. 누구에겐 사랑은 세상 달콤한 사탕, 누구에겐 그저 잠깐의 쾌락을 위한 모르핀, 누구에겐 피 묻은 전투복이겠지요. 저는 제 경험이 짧은 탓에 각 상황에 맞춰서 몰입해 보며 글을 써 내려갔습니다. (꽤 재미있는 경험이었습니다) 그러다 보니 이 작가는 대체 어떤 삶을 산 걸까 궁금해하실 수 있는데 완전히 저의 이야기가 아니라는 것을 알려 드립니다.

여러분께 사랑은 어떤 가치인가요. 잘 사랑하고 계시는가요? 전 아름다운 사랑 이야기는 싫지만, 꼴에는 또 박애주의자라, 얼굴도 모르는 독자분이 어떠한 형태의 사랑을 하든 잘 되길 바랍니다. 아니 잘돼야 합니다.

그리고 문학 전공자도 아니고 전문적인 지식도 없는 절 그럼에도 도와주신 많은 분께 감사드립니다.

수리물리학

분명 별로라고 재미없다고 해야 했는데
네 입가에 그런 말을 던져놓을 수가 없더라

분류 기호

연속적인 시간과
쪼개진 사람들.

그 사이 우리 관계의 정의만큼 공한 건 없다

다시 버려진 분류 기호

비관

그대, 나만의 태양이 되어주오
빈 양철 원통 만이 거리를 채운다

그대에게 닿는 건
곧 나의 파멸

허울뿐인 쪼가리

사유서

우린
관심사가 안 맞아
서로 너무 바빠
이야기가 잘 안돼
이성으로 안 보여

거짓말.

꺾여버린 목과
꺾여버린 피사체

환각

언어는 그마다의 향기를 남긴다

해 질 녘 눈앞을
가을 녘 논두렁의 파스텔 색조로
매일 걸어가던 길을
고등어 냄새 풍겨오던 하굣길로
내 방 침대 위를
숨 막히게 아려오는 빛바랜 사진으로

오늘도 내 방 한 켠을 너로

불을 끄고 나서야 보이는 것

노랫소리가 멈추고 나서야
풀벌레 소리를 기억해 냈다.

서로를 맨 고리만이 남아

분명 우리 사이 무언가 있었는데.

사랑 시

식상한 표현을 제치려 해도
그대를 한 표현에 담기 어렵다

시 쓰다 보니

우리의 시를 쓰다 보니

언제부턴지 그럴듯해 보이는 게 중요해졌어

'우리'가 빠졌잖아

변한다는 건

난 매일 오늘의 너와 이별한다

내일의 너는 괴물일 수도,
성인일 수도,
광인일 수도,
우울일 수도,

그래도 난 너의 8번째 갈비뼈를 사랑해

서로의 관계가 서로의 족쇄임을 느낄 때

우리 사이에 이유가 등장했다

우리가 이런 게 필요하던가

원래 무언가 없어지면 무언갈 넣어야 한다

부서지지 않으려

서로의 관계가 서로의 족쇄임을 느낄 때2

서늘한 바람이 발목을 베었다

가면 갈수록 불어나는 이유들에
족쇄가 더 필요하겠어.

사랑의 수식어

사랑,
누군간 사랑이
숭고하고 고결한 성인의 사리라지만

이미 사창가 마약굴
구를대로 굴러
너를 병들게 하고
난 이미 눈이 멀었다.

그래 난 사실 날붙이를 들고 있던 거야

난 너랑

난 너랑

손도 잡고
포옹도 하고
여행도 같이 가고
연극도 보러 가고
마법의 성도 가고
마왕도 무찌를거야

난 벽과 이야기하는 걸 즐겨하지 않는다

읽씹

떠나간 편지는 돌아오지 않았다
봤잖아

봤잖아.봤잖아.봤잖아.봤잖아.봤잖아.봤잖아.봤잖아.봤잖아.봤잖아.봤
잖아.봤잖아.봤잖아.봤잖아.봤잖아.봤잖아.봤잖아.봤잖아.봤잖아.봤잖
아.봤잖아.봤잖아.봤잖아

오늘 밤 난
너의 동아리 후배와 동기와 학과 선배와
너의 새 남자친구와 너의 약혼남과
너의 주검과
밤을 지새운다.

뭘 바란거야

꽃을 지키기 위해
넌 숲을 불태웠고

떠나온 까마귀는
피와 재가 섞인 절규를
더이상 듣지 못한다

넌 너 밖에 몰라.

어떻게 아직 살아있니

여름의 끝자락,
의심을 먹고 불어난
모기의 몸이 둔하기 짝이 없고

결국 나의 손을 피하지 못했다.

아, 내 피구나

오세령

작가의 말

　사랑과 집착, 이 두 녀석들 때문에 정말 많이 고생했다. 덕분에 너무 많은 상처를 주기도 받기도 했었다. 정말 아쉬운 점은 그 땐 집착이었고 그 땐 사랑이 느슨했구나 하는 것을 시간이 훌쩍 지나서야 늦게 깨달았다는 것이었다. 수많은 후회와 자책 끝에 경험하고 느끼게 된 것이 너무나 많았다는 뜻이다.

　당연하게도 시를 쓸 땐 100% 나의 경험에 의존하면서 썼다. 그러나 시를 쓰면서도 스스로에게 의문이 들었다. 시를 쓰면 쓸수록 사랑과 집착에 대한 경계는 모호해지며 끊임없이 나의 가치관에 대해 시험을 받았다. 나는 많은 것을 초월했다고 생각했지만 착각이었다. 나는 여전히 사랑과 집착 사이에서 갈팡질팡 하고 있었다.

　너무 믿음이 강력한 사랑은 가끔 사랑이 느슨할 때가 있다. 그래서 그럴 땐 집착이 간혹 필요하기도 하다. 반대로 믿음이 나약해 집착이 심한 사랑은 말해 뭐할까, 그 자체로 관계의 파괴임을. 과연 우리의 인생 동안 사랑을 함에 있어서 사랑과 집착에 대한 완벽한 균형과 경계를 유지 할 수 있을까? 우리는 과연 어느 선에 위치하고 있을까?

　나의 시는 여전히 집착에 대해 경계하며 경고하고 있다. 사랑을 하는 중일 때도, 사랑을 끝내고 나서도 집착은 여전히 사무친 감정에 나를 옭아매어 나를 괴롭히고 있기 때문이다. 그러나 아이러니하게도 집착은 나의 원동력이었다. 한 밤 중에 그녀에게 찾아간 것도 사랑 아닌 집착이었다. 내가 시를 쓰는 이유도 헤어진 여자 친구에 대한 그리움을 노래하기 위해 시를 썼다. 과연 나는 사랑과 집착을 구분하여 말할 수 있을까?

시를 쓰다 보니 명쾌한 해답은 나오지 않고 나에게 계속해서 해결할 수 없는 질문만 남기고 끝을 내게 되었다. 다만 이 시를 읽는 독자들도 생각해봤으면 한다. 사랑과 집착에 대한 근본적인 메커니즘이 어디에서 파생되는지를 말이다.

결국 정답은 어디에도 없을 것이라 생각한다. 사랑과 집착은 종종 종이 한 장 차이처럼 보이기도 한다. 이해와 공존, 상실이 하나의 선율에 모두 담겨있기 때문이다. 그러나 우리는 끊임없이 성장하고 나아가고 있다. 이는 사랑도 마찬가지 이다. 이 두 감정의 경계를 이해하고 진정한 사랑을 찾는 여정에 조금 더 중점을 둬야 하지 않을까 싶다. 그러니 사랑이 우리를 너무 자유롭게 하지 않게도, 집착이 우리를 너무 가두지 않게 하도록 항상 마음을 다잡아야 할 것이다.

고요한 바다와 빛

고요한 나의 바다에
수면 위에 유영하는
빛과 같은 그대를 담아두고서

그대도 나와 닮은
바다가 되길 바랬어요

허나 밤이 찾아오면
빛이 내게 작별을 고할까

파도가 담을 부스듯
독을 품은 채
나는 그댈 집어 삼켰어요

거친 파도가 일렁이는
고통의 바다에 수장된
나의 빛에게 속죄를 고합니다

고요한 바다 위에
자유롭고 유유하게
머물다 간 나의 그대여

파도는 잠잠해지고
여명의 빛은 다시 떠오를 테니
다시 한 번 날 비춰주시길

담

나를 보기 위해 먼 길을 돌아
문을 통해 들어오는 것이
오랜 시간이 필요하기에

급한 마음에 뒷담을 넘고 부수려는
너의 마음을 이해해

하지만
네가 억지로 담을 넘을수록
내 마음엔 부담이 돼
그래서 난 담을 높이 쌓을 수밖에 없어

네가 억지로 담을 무너트릴수록
내 마음엔 금이 가
그래서 내 담은 더 견고해질 수밖에 없어

억지로 담을 넘을 때
강하게 움켜쥔 손아귀를
부디 대화의 악수로 바꿔

문을 노크해주겠니?

억지로 담을 무너트릴 때
뱉은 매 마른 말들을
부디 달콤한 입맞춤으로 바꿔
문을 노크해주겠니?

담을 넘고 부수는 것보다
시간은 더 오래 걸릴지라도
다정히 내 문으로 찾아와줘

하얀 운동화

나를 향한
너의 하얗고 순수한 사랑을

영원히 간직했으면 해서
선물 했어 하얀 운동화

그러나 사랑을 하다보면
세상의 떼가 묻어
더럽혀지고 상처 입을 수도 있는데

영원히 하얗길 바라는 나의 염원이
오히려 널 억압한 집착의 족쇄였나 봐

너의 발목을 붙잡아둔
무거운 하얀 운동화를
이제 그만 벗어 던지렴

안개

우리의 사랑을 방해하는
의심 서린 뿌연 안개가
그대를 삼키네요
그대를 감추네요

뿌연 안개 때문에
그대가 보이지 않아요
그대가 느껴지지 않아요
그대의 사랑마저 의심돼요

어서 이 뿌연 안개를 걷지 않으면
나의 마음마저 혼탁한 의심의 안개로
뒤덮일까 두렵습니다

허나 어찌 안개를 두 손으로 잡고
걷을 수 있을까요

주변이 보이지 않는 안개 속에서
끊임없이 길을 잃을 뿐인 바보였습니다

그러나 저는 깨달았습니다
안개 속에 그대가 보이지 않고
안개 속에 그대가 느껴지지 않더라도

나의 눈과 나의 손길로
그대를 보고 만지는 것이 아닌

두 눈을 감고 그대의 숨결을 느낄 때
따스한 햇빛이 믿음의 손길이 되어
의심 서린 안개를 걷어줄 것을

눈 먼 사랑

사랑에 눈이 멀다 보니
사랑을 볼 수 없었다
사랑을 그릴 수 없었다
점점 네가 잊혀져간다

사랑에 눈이 멀다 보니
사랑이 내게 멀어져 간다
사랑이 나를 밀어낸다
점점 네가 사라져간다

나 홀로

차디찬 눈바람을 맞으며
따스한 커피를 마실 때도

너는 궁상
나는 낭만

그런 줄도 모르고
너도 낭만을 즐기는 줄 알았지

향기에 취해 있는 동안
꽃은 무참히 찢겨나가고 있는 것도 모른 채

나 홀로 낭만을 즐기다
현실의 낭떠러지로 널 내몬 건
바로 나 였어

바람

이미 지나간 바람을
그리워하지 마세요

자유롭게 불다 지나간 바람을
당신이 어찌 잡을 수 있을까요

지금 불어오는 바람을
기쁘게 맞으세요

지금 불어오는 바람은
이미 지나간 바람과
절대 같은 바람일 순 없을 테니

지금 불어오는 바람을
사랑 하세요

지금 불어오는 바람만이
당신에게 새로운 자유를 부여할 테니까요

빛과 빚

잡힐 듯 잡히지 않는
빛의 속성처럼

빚의 속성은
끝날 듯 끝나지 않는 것

내일의 희망을 누리는
빛의 속성처럼

빚의 속성은
덧없는 희망을 누리는 것

빛을 향해 끝없이 날아오르는
미지의 세계를 향한 날갯짓처럼

빚 그것은 한계에 가까운
몰락한 삶으로의 돌진

힘든 사랑, 좋은 이별

잡초가 무성한
오래된 정원처럼
외롭고 낡은
사랑을 하고 있었죠

잘 닦여진
포장도로 위
들꽃 같은
사랑을 하고 싶었죠

버티고 버티다
다시 자란
잡초 같은
사랑을 하고 있었죠

버티고 버티다
뿌리 뽑힌
들꽃 같은
사랑을 하고 싶었죠

황시하

누구에게나 풋풋한 20대의 시절이 있다.

어쩌면 내 인생에 가장 초라할 시절, 가진 게 아무것이 없어 해주고 싶어도 못 해주고, 아무 내세울 게 없었지만 그 누구보다 나체의 나를 바라봐 주고 사랑해 준 너. 그저 조그마한 말 한마디에 울고 웃었던 우리.

경험담을 바탕으로 20대 초반만의 사랑하지만 서툰 방식을 다룬 연애 시다.

비상계단

우리는 아무도 없는 곳을 찾아다녔어

그렇게 찾은 곳이라고는

그 딱딱하고 차가운 계단에서
나는 따뜻하고 포근한 너의 무릎에 앉고

우리만의 비밀들을 속삭였지

혹시 너가 올까 봐
말도 없이 올까 봐

엘리베이터 문이 열릴 때마다 심장이 두근거려

이제는 그럴 리 없지만,

아무렇지 않게 삑 - 삑 -

도어락을 열어

소파에 아무렇게나 누워 아무런 생각을 해
우리가 아무렇게나 있고 아무런 얘기를 하던 시절이 그리워

코트

그때의 우리는 우리만의 향기로 거리를 메웠지

우리만의

향기로

가득했어

시간이 가는 줄도 모르고

바다를

걸었지

계속

사뿐히 모래를 밟으며

서로에 대한 마음도 꺼내보았어

옷장을 연다

일 년이 지난 코트

그때의 설렜던 우리의 향기

아,

내가 그리웠던 건
향기가 아니라
그때의 우리

플레이리스트

난 이 노래를 듣지 못해

서둘러 손가락을 움직여
다음 곡을 재생시켜

네가 좋아하던 그 음악들

반주라도 들리는 순간,
그때의 행복했던 우리가 생각나거든

아직도 네가 이 노래를 듣고 있을까
아직도 이 박자에 맞춰 흥얼거릴까

그럼에도 나는 목록에서 이 음악을 지우지 못해

난 혼자 상상하며
노래를 틀어

넌 이 노래를 들으면 어떤 감정이 들까?

너의 얼굴

가지런한 눈썹,

오똑한 코,

도톰한 입술

차마 참지 못하고 건들고만

너의 눈썹, 한 번 톡
너의 콧날, 한 번 톡
너의 입술, 한 번 톡

아, 깨버렸네.

미안해. 잘 자, 사랑해

결핍

너의 결핍이 좋았다.

물건을 가지런히 정리 못하는 점도,
요리가 서툰 점도,
사랑을 표현하기 쑥스러워하는 점도 좋았다.

그래서 나는
정리정돈을 더 잘하는 사람이 되었고
요리를 꽤 잘하는 사람이 되었고
사랑을 잘 표현하는 사람이 되었다.

그렇게 너는 어느새 나에게 맞춰졌다.
그렇게 너에게 맞는 사람이 되고 싶었다.
이제 너에게는 내가 딱일 텐데,
이제 내게는 너가 없네.

붉은 색 지우기

아, 괜찮아요
빨면 되죠
괜찮아요

첫만남

흰 셔츠에 묻은 붉은 와인의 색

씻어내도 얼룩은 지워지지 않았다

내 얼굴의 불그스름한 홍조도

괜찮아요 지워지겠죠
괜찮아요

아직도 너의 색은 지워지지 않는다

내 눈의 붉음도 지워지지 않는다

집착해 줘
　-임홍진, 「집착」 답시

사실 알아, 네가 전화했던 걸

그렇지만 못 본 척 넘기는 나

그럴수록 나의 숨통을 조이는 너

이 조임이 싫지 않아

나를 더욱 원해줘

사실 나도 보고 싶어

나에게 너를 가두는 방식

해피엔딩

주인공인 내가
너라는 캐릭터를 만나
수많은 선택지 중 하나를 고른다.
앗, 정답이 아니었다.
실패한 새드 엔딩, 그리고 게임 오버.
난 저장된 세이브로 돌아가
다시 정답을 고른다.
그렇게 완성된 너와 나의 해피엔딩
너가 웃을 수 있다면, 난 언제나 리플레이

붉은 전염

시 하나에 너를 담는 것
하나의 단어와 한 줄의 문장에 너를 두니
홍조에 볼이 발그레해진 나
진심이었나 보다 눈까지 붉어진 걸 보니

마음의 크기

알고 있다
우리는 언젠가 헤어지게 될 테지
알고서도 너를 만났다
처음부터 끝까지 알았다, 되뇌었다, 매일 되새겼다.
이 사람은 곧 나를 떠난다 평생 함께이지 않는다
그럼에도 너를 사랑했다
조금만 더 곁에 있고 싶었다
끝이 다가오는데도 밀어낼 수 없었다
끝이 보이는데도 회피했다
끝을 마주했다 마주칠 수 없었다 그러기 싫었다
이제는 이미 많이 지나가버린 너와 나의 마지막 그 끝날을 되새기며
아직도 나는 그날에
잠에 든다

끝

시작이 있으면 끝이 있다
당연한 말은 쉽게 잊어진다

나에게 너는 당연했다
우리라는 말이 참 당연했다

나에게 당연했던 너는
나를 떠난 게 당연했다

우리에게 끝이 있다는 건
참 당연한 일이다

임홍진

작가의 말

사랑은 누구에게나 공평하게 찾아온다

때로는 행복하게, 가혹하게, 비참하게 사랑은 머리로만 할 수 있는 것이 아니라는 것은 누구나 알고 있다. 하지만 우리의 마음은 기다려주지 않는다. 모두의 사랑이 행복할 수는 없지만.

나의 사랑의 경험과 생각들이 내포되어 있는 아름답고, 서툰 우리의 시다

반쪽

　-황시하, 「결핍」 답시

나는 반쪽이다 내가 못하는 부분이 있다
너를 만나 하나가 된다
표현을 못 하던 나를 네가 채워준다
요리가 서툰 것도
네가 채워준다 우린 서로를 채워준다
그렇게 우린 하나가 된다
더 이상 반쪽으로 살고 싶지 않아
너의 결핍 나의 결핍
불완전한 나를 너로 채우고 싶어

세상의 시작
 -황시하, 「너의 얼굴」 답시

내가 눈을 떴을 때
보이는 건 어둠 속의 너

나를 보고 있고
나의 코를 입술을..
톡 건드리며 배시시 웃는 너

사실 자는 척하는 걸 넌 모르겠지
너의 그런 모습이 아이 같아 좋았으니까

내가 깨버리면 또 우린 우리 세상으로
떠날 테니, 너의 세계에서의 너를
보는 건 지금 뿐이야
좀 더 있게 해줘 너의 세계에서

나만 봐줘 나만 건드려줘
나만 생각해 줘
너의 세계에 나만 있게 해줘

영화

우리의 로맨스 영화 같다
기 승 전 결
모든 게 확실하다

너만은 나의 결이었으면 해
너가 나의 끝이기를
나만 봐주기를
나만 봐줘

너와 우리의 새로운
기승전결을 위해
너와 인생을 같이 하고 싶어

우린 해피 엔딩이기를
해피 엔딩에서 새로운 우리만의
영화를 만들자

집착

집착이란 걸 안다

너가 뭐하는지
누구랑 있는지 궁금했을 뿐인데
연락을 재촉하고 더욱 너라는 사람의

목을 조르는 것 같다

다른 사람과 있는 너
왜 왜 왜 나를 잊지
중요한 건 나일 텐데

보고싶다
보고싶어
보고싶어

너란 사람을 나에게 가둔다

향기
  -황시하, 「코트」 답시

너에게 나던 봄

많은 사람들 중
너의 봄이 따뜻했고
사랑스러웠고

날 맞이해줬다
봄 여름 가을 겨울
지나도 나던 너의 옷들의 향기

향기가 아닌
향기가 좋은 게 아니라
좋은 건 너의 얼굴

너의 미소였다

엘리베이터
  -황시하, 「비상 계단」 답시

삑 소리가 울린다

문이 열린다

너가 있을까 기대하게 된다

내 심장도 울린다

너를 볼 수 있을까

여기에 있을까?

1층에 흡연실도 주차장도
넌 보이지 않는다

심장이 떨린다
찾았다

비상계단의 벽에 기대어 자는 너

너를 본 나는 울음을 터뜨릴까 봐
참아보지만 참아지지 않는다

너를 좀 더 일찍 찾을걸…
좀 덜 화낼걸…

차가운 바닥에 차가운 공기 속에서

너를 찾았다.

너의 얼굴
 -황시하, 「너의 얼굴」 답시

뽀얀 너의 얼굴
앵두 같은 입술
말똥말똥한 너의 눈동자
높은 너의 코끝

매일 생각해도 행복해
자는 얼굴을 봐도 행복해
밥 먹는 모습을 보는 것도 행복해

그런 너가 날 보면

지구가 자전하는 것을 느낀다

핑 돌아버리거든

날 이렇게 만드는 너의 얼굴
아니 너

자전을 알게 해줘서 고마워

112

전시회

너와 만났던 그날
너는 검은색 옷을 입고 왔지
너와 난 같이 둘러보고 있었지만
넌 나를 보고
난 너와 합쳐진 전시물을 보고
이것이 전시고 명화구나
한 대 맞은 느낌이었다
너의 미소와 전시물은
하나의 그림이 되었고
우리의 사랑 또한 전시되었다
많은 사람들에게 보여주고 싶다
넌 내 거라는 걸
난 네 거라는 걸
우리만 아는 우리의 사랑
전시회에서 느낀 너에 대한
마음

애착

isbn: 979-11-988297-2-6(03810)

발행일: 2024/12/31

이메일: hanbingo962@naver.com

펴낸 이: 고한빈

저자와 이를 도운 전문가: 민채연(마케팅 총괄), 황시현(문예 총괄), 유빈(미술 총괄)

출판사명: 고유한 빛

저자: 윤리온, 유영, 정지용, 오세령, 임홍진, 황시현, 황시하